Kai Christian

Liv

story.one – Life is a story

story.one

1st edition 2024

Production, design and conception:
story.one publishing - www.story.one
A brand of Storylution GmbH

Font set from Minion Pro, Lato and Merriweather.

ISBN: 978-3-7115-4558-9

Für Marilena -

die Liebe meines Lebens

INHALT

01001111 01101100 01111001

1.

Unbarmherzig prasselte der Regen gegen die hohen Fenster des gigantischen Anwesens, als Livs Vater ihr Zimmer betrat. Seine Schritte hallten bedrohlich auf dem Marmorboden wider. In der Stille, die folgte, hörte Liv ihr Herz brutal gegen ihre Brust hämmern. Das gedämpfte Licht ihres spärlich bestückten Zimmers warf lange Schatten auf die Wände, die wie Zuschauer wirkten – gaffende Zeugen, die die kommende Grausamkeit erwarteten.
Liv versuchte, den Kloß in ihrem Hals hinunterzuschlucken. Die Luft war schwer von Parfüm und kaltem, teurem Rauch, der in diesem Haus allgegenwärtig war. Die Düfte erstickten ihren Atem.
»Wo warst du?« Die Stimme ihres Vaters war leise, zu leise – ein unheilvolles Zeichen. Sein Zorn glich keiner Explosion, sondern einem Sturm, der sich langsam aufbaute. Jetzt herrschte die tödliche Ruhe davor.
»Ich ... ich war nur kurz draußen, um frische Luft zu schnappen«, stammelte Liv, während sie versuchte, seinem bohrenden und durchdrin-

genden Blick auszuweichen. Seine Augen, kälter als der Marmor unter seinen Füßen, glimmerten gefährlich.
Er glaubte ihr nicht. Er glaubte ihr nie.
Als er näher trat, spürte Liv die Furcht in sich aufsteigen wie eine dunkle, alles verschlingende Flutwelle. Seine Hand schoss vor wie ein Blitz und packte schmerzhaft ihr Handgelenk. Er zog sie mit solcher Gewalt zu sich heran, dass sie stolperte und gegen seine Brust prallte. Der Gestank von Alkohol und einem bitteren, fauligen Hauch drang ihr in die Nase. Liv biss die Zähne zusammen, unterdrückte jeden Ton, den sie hervorbringen wollte, als er ihre wilden schwarzen Haare brutal in seine Faust wickelte und ihren Kopf nach hinten zog, sodass sie ihm in die wahnsinnigen Augen sehen musste.
»Du bist genauso wertlos wie deine Mutter«, zischte er.
Der Hass in seinen Worten schnitt tief in ihre Seele. Mit jedem Mal schmerzten sie mehr, als sie zugeben wollte. Tränen stiegen ihr in die Augen, doch sie weigerte sich, zu weinen. Denn das war es, was er sich wünschte, was ihn antrieb – ihre Schwäche, ihre Unterwerfung.
Es wurde schlimmer, als er sie losließ, nur um einen Schritt zurückzutreten und ihr mit einem scharfen Hieb ins Gesicht zu schlagen.

Liv fiel zu Boden.
Ihr Kopf prallte hart auf dem Marmorboden auf, und die Vignette um ihr Sichtfeld wurde immer dunkler. Es dröhnte durch ihren gesamten Schädel, als würde ein Hammer wieder und wieder auf ihren Kopf einschlagen. Doch der Schmerz war nicht das Schlimmste – die Demütigung, die Machtlosigkeit, die sie in seiner Gegenwart fühlen musste, übertraf alles.
Er stand über ihr, wie ein Raubtier über seiner Beute. Liv wusste, was als Nächstes kommen würde. Immer das Gleiche. Er würde sie zwingen, sich seinen kranken Wünschen zu fügen. Sie hatte keine Wahl, als es zu ertragen.
Bis heute.

01111010 01101100 01101111 01101111

2.

Etwas in ihr brach. Ein lange und tief vergrabener Überlebensinstinkt. Ohne darüber nachzudenken, trat sie ihm mit aller Kraft, die sie aufbringen konnte, zwischen die Beine. Ein Keuchen entwich seinen Lippen, gefolgt von einem Blick, der die Hölle einfrieren könnte. Doch er taumelte, und dieser Moment reichte Liv, um sich aufzustellen. In einem kurzen, geistesgegenwärtigen Augenblick stieß sie ihn von sich weg, woraufhin er mit dem Kopf gegen die Türkante schlug und zu Boden stürzte. Ihr Herz raste, als sie durch das Zimmer stürmte, blind vor Angst und Wut.

Sie rannte aus dem Raum, durch die langen Korridore, die sie so gut kannte, die sich jetzt jedoch wie ein Labyrinth aus Albträumen anfühlten. Vorbei an den teuren Kunstobjekten im Eingangsbereich, die ihm so viel mehr bedeuteten, als seine eigene Tochter.

Die Haustür flog mit einem dumpfen Knall auf, und Liv stürzte hinaus in die kalte, peitschende Nacht. Der Regen durchnässte sie sofort, doch sie spürte nichts außer purem Adrenalin, das

durch ihren gesamten Körper vibrierte.
Sie lief weiter entlang des penibel gepflasterten Weges, vorbei an den gepflegten, farbenfrohen Blumengärten, bis sie das massive Tor erreichte, das ihre einzige Möglichkeit zur Flucht war. Die Landeplattform, wo die *HoverPods* in Reihen auf sie warteten, lag dort. Der alleinige Weg, aus dieser Hölle zu entkommen.
»Isaak«, flüsterte sie keuchend. »Öffne das Tor.«
Die künstliche Intelligenz antwortete sofort. Ihre Stimme sachlich und neutral – ein beruhigender Kontrast zu Livs innerem Chaos.
»Olivia, du weißt, dass ich das nicht tun kann. Du hast keine Befugnis, dieses Areal zu verlassen.«
Verdammt! Livs Atem ging schwer. Die Schmerzen fanden allmählich ihren Weg zurück, als das Adrenalin langsam abebbte und Panik aufkam. Sie hatte gehofft, Isaak würde nicht auf die Befehle ihres Vaters reagieren, dass er in irgendeiner Weise auf ihrer Seite wäre. Naiv, wie sie erkannte. Die KI war unbarmherzig darauf programmiert, die Regeln des Haushalts zu befolgen – eine virtuelle Präsenz, ohne Körper und Mitgefühl, die die Macht hatte über ihre Freiheit zu entscheiden.
Liv schaute sich angsterfüllt um. Der Überlebenswille in ihr war noch nicht erloschen, es

musste einen Weg geben.

Dann fiel ihr Blick auf das Interface-Panel, eingebettet in die Wand des Tores. Das war ihre Chance.

»Isaak, deaktiviere die Sicherheitsprotokolle«, befahl sie verzweifelt.

»Unzureichende Berechtigung«, kam die sofortige und kalte Antwort.

Liv ballte die Fäuste. Ihre Gedanken rasten, als sie sich fragte, wann ihr Vater wieder zu sich kommen würde. Panisch blickte sie zurück über ihre Schulter, doch er war nicht zu sehen. Sie wusste, dass der offizielle Weg keine Option war. Ihre Hände zitterten, als sie an das Panel trat.

In den letzten Jahren hatte sie ihre wenige freie Zeit damit verbracht, das Alarmsystem des Anwesens zu studieren. Heimlich hatte sie gelernt, wie sie Hintertüren finden und die passenden Codes eingeben konnte, um genau für diesen Moment vorbereitet zu sein.

Doch der pochende Schmerz in ihrem Kopf und die Panik, die ihre Gedanken vernebelten, ließen sie eine gefühlte Ewigkeit ratlos vor dem Tor stehen.

Zeit, die sie nicht hatte.

01110101 01101100 01110110 01101000

3.

Glücklicherweise sollte sich das viele Lernen auszahlen. Ihr Unterbewusstsein half ihr auf die Sprünge und gab ihr den ersten Schritt: Erst die Hardware, dann die Software.
Ein gezielter Druck auf die linke, obere Ecke des Panels ließ das Bedienelement herausklappen. Sie nahm es in die Hand, drehte es auf die Rückseite und entfernte den Draht, der den Rechner kurzzeitig neu starten würde.
Beinahe ohne Unterbrechung fuhr das Programm wieder hoch und Liv wusste, dass sie jetzt schnell sein muss. Die KI wird nicht lange zu umgehen sein.
Ihre Finger flogen über das Panel. Falscher Code. Noch einer. Verdammt! Sie hatte nicht viel Zeit. Es piepte und ihr Zugriff wurde verweigert. Ihr Herz raste. Noch ein Versuch.
»Da vorne!«, schrie eine Stimme in der Ferne, die Liv hochschrecken ließ. Fast hätte sie den kleinen Bildschirm fallen lassen. Ihr Vater musste wieder zu sich gekommen sein und Alarm geschlagen haben. Die Leibwächter hatten sie entdeckt und würden sie jeden Moment

wieder gefangen nehmen.
Ein letzter, verzweifelter Versuch am Panel, während die weiß uniformierten Männer auf sie zukamen.
Dann endlich. Inmitten des strömenden Regens und den lauten Schritten des Sicherheitspersonals hörte sie das erlösende, leise Klicken des Schlosses.
Ihre Chance.
Sie stieß das Tor auf. Vor ihr standen die HoverPods in einer Reihe aufgestellt, wie stille Soldaten, die auf Befehle warteten.
»Warnung: Unbefugter Zugriff erkannt«, dröhnte Isaaks Stimme laut, während rote Lichter über die Plattform blitzten. Ein alarmierendes Heulen brach die Stille der Nacht, gefolgt vom Lärm der näher kommenden Sicherheitskräfte.
Liv spürte die Zeit gegen sich arbeiten und sprintete zu dem nächsten HoverPod. Ihre Finger glitten über die glatte Oberfläche, bis sie die Zugangstür fand. Ihre nassen Hände rutschten ab, doch sie zwang sich, ruhig zu bleiben. Mit einem entschlossenen Ruck schaffte sie es, die Tür zu öffnen, und schlüpfte ins Cockpit.
Das Innere des Pods war eng und minimalistisch. Die Lichter gingen an und das Steuerungssystem aktivierte sich. Liv legte sofort ihre

Hände auf die Steuerung.
»Isaak, Override-Protokoll«, befahl sie und betete, dass ihr Hack erfolgreich war. Sie musste das Luftschiff manuell bedienen. Ein fast undenkbares Vorhaben bei der Dichte des Luftverkehrs in dieser riesigen Metropole.
Ein Moment der Stille verging, dann antwortete die KI, diesmal leicht verzögert: »Override akzeptiert. Bereit zum Start.«
Liv dankte allen Göttern, von denen sie je gehört hatte, und startete das Pod. Die Anti-Gravitationsantriebe fuhren hoch. Ihr gesamtes Inneres pochte, doch sie drängte die Angst zurück.
Mit einem Ruck hob das HoverPod ab und glitt in die regenverhangene Nacht, weg von dem Ort des Grauens. Weg von der Hölle, die sie gefangen hielt. Und vor allem weg von dem Dämon, der sie missbrauchte, seelisch unterdrückte und dessen widerliche Fantasien sie ertragen musste.

Kaum zehn Meter von der Plattform entfernt, ertönte plötzlich ein unheilvoller, lauter Knall.

01110110 01101011 01101000

4.

Das Pod wurde angeschossen, und es ruckelte gefährlich, während Liv von links nach rechts geschleudert wurde. Panisch versuchte sie, das Fluggerät aus der Schusslinie zu steuern, doch ein weiterer Knall drückte das HoverPod in der Luft zur Seite. Schlagartig erlosch das Licht der Bedienelemente. Sie hatten den Antrieb getroffen.

Liv spürte die G-Kräfte in ihrem Magen, als sie in der metallischen Hülle eingeschlossen, Richtung Boden stürzte. Es war ein langer Fall, das wusste sie. Das Anwesen ihres Vaters befand sich auf der Spitze eines der zahlreichen Wolkenkratzer Neu-Hamburgs. Die Ebene der reichsten und mächtigsten Menschen, welche die höchsten Ränge der *Europäischen Zukunftskontrolle* bekleideten. Dessen einziges Transportmittel um sich von ihren erhabenen Schlössern zu bewegen, die fliegenden HoverPods waren

Und Liv stürzte ungebremst in die Tiefe.

Zumindest hatte sie es versucht, dachte Liv, während sie durch den rasanten Fall flach an

die Decke gedrückt wurde und ihr Schicksal akzeptierte. Wenigstens starb sie in Freiheit, sagte sie sich. Erinnerungen der letzten vierzehn Jahre schlichen sich in ihr Unterbewusstsein.
Das Gesicht ihrer Mutter erschien vor ihr. Sie war hübsch. Liv hatte ihre dunkle Haut mit den schwarzen Pigmentflecken, die wilden Haare und die blauen Augen geerbt. Sie verschwand jedoch, als Liv erst vier Jahre alt war. Seitdem hatte ihr Vater sich verändert. Ein Sturm, der sich langsam entwickelte, dessen Intensität unaufhaltsam zunahm. Bis die Zerstörung nicht mehr aufzuhalten war, und mittendrin sie, die einzige Tochter, die ihn an seine Frau erinnerte. Die Frau, die ihn verlassen hatte. Die Frau, die für ihre Sünden büßen musste. Doch sie war nicht da. Nur Liv. Warum hatte sie auch ihr Aussehen geerbt?
Liv schreckte aus ihren Gedanken hoch, als sich plötzlich wieder die Lichter im Pod einschalteten.
»Notfallprotokoll aktiviert«, erklärte Isaak, und das Fluggerät stabilisierte sich langsam. Was jedoch dazu führte, dass sie mit voller Wucht auf den Sitz fiel.
Nur einen Moment später landete das Hover-Pod mit einem harten Knall auf dem Boden, wobei die Airbags auslösten und ihren Sturz

weich abfingen. Die Türen öffneten sich mit einem leisen Zischen und die Lichter erloschen vollständig. Liv konnte nicht glauben, diesen Absturz überlebt zu haben. Keuchend vor Schmerz, kroch sie heraus und sah wie das Luftfahrzeug hinter ihr in Rauch aufging. Sie fühlte ihren Körper zittern. Von dem Sturz und der Todesangst. Ein Schwall an Emotionen kam hoch und flutete ihre Sinne. Sie weinte, wollte schreien, aber musste sich übergeben.

Der Regen hatte aufgehört, aber die kühle, feuchte Luft lag schwer auf ihrer Haut. Sie hatte keine Ahnung, wo sie gelandet war. Die Umgebung düster und abweisend, weit entfernt von dem luxuriösen Glanz der höheren Ebenen. Hier unten wirkte alles verlassen und verfallen. Rostige Häuser reihten sich dicht aneinander, während grelle Neonlichter durch die dichten Nebelschwaden blinkten. Im Hintergrund erkannte sie die strahlend leuchtende und von hier gigantisch wirkende Stadt aus der sie gekommen war. Unendlich hohe Gebäude türmten sich aufeinander, HoverPods schwirrten durch die Luft, Reklame in allen Farben brach durch den Nebel.

Von hier unten fühlte sie sich wie ein kleines Insekt, das auf eine unerreichbare Welt schaute.

01111010 01101100 01101111 01101111

5.

Liv taumelte vorwärts, benommen von der Enge der dunklen Gassen und dem Lärm der Stadt um sie herum. Das Dröhnen der Maschinen, das Rauschen von Wasser, das ferne Kreischen von Sirenen – alles verschmolz zu einem bedrückenden Klangteppich, der ihre Angst weiter anfachte. Jede Ecke, jede schattige Nische, schien eine potenzielle Bedrohung zu bergen. Ihre Schritte hallten auf dem nassen Asphalt, da bemerkte sie, dass sie nur Socken trug. Während der Flucht hatte sie keine Zeit gehabt, Schuhe anzuziehen.
Eine Weile schleppte sie sich die Straße entlang, die Trümmer des HoverPods hinter sich lassend. Sie versuchte, in der Dunkelheit und den Schatten der verlassenen Gebäude unsichtbar zu bleiben, doch die Unheimlichkeit der Umgebung nagte an ihrem Verstand. Vorbei an dunklen und beklemmend wirkenden Gassen schlich sie durch die verwahrloste Stadt.
Sie war durstig. Und müde. Wirklich müde. So erschöpft, dass jeder Schritt zur Qual wurde. Obendrein fühlte sie sich hilflos und alleine.

Als würde die Dunkelheit um sie herum, ihre letzten Hoffnungen verschlingen wollen.
Sie durfte aber nicht nachgeben. Hier unten würde eine Sekunde der Unachtsamkeit teuer bestraft werden.
Aus der Finsternis der Gassen drangen Stimmen an ihre Ohren. Kauernd, keuchend, weinerlich. Und aggressiv, rau, schreiend.

Liv erschrak fast zu Tode und zuckte zusammen, als eine Frau aus dem Schatten stolperte und ihr tief in die Augen starrte. Der Schock ließ sie auf der Stelle erstarren. Stumm blickte sie die merkwürdige Person vor ihr an.
»Komm Liebes! Lass los.« Eine manische, hohe Stimme ertönte aus dem Mund dieser dürren Frau, dessen Klamotten wie ein Sack an ihrem abgemagerten Körper hingen. Zwei ungleiche Stiefel an ihren Füßen, die Beine verseht mit blauen Flecken und tiefen Kratzern. Haare dreckig und verfilzt. Die Frau lachte unverhältnismäßig laut, als Liv nicht antwortete. Es klang künstlich, als würde sie eine Rolle spielen. »Ich kann dich vergessen lassen«, flüsterte sie und trat näher.
Erst jetzt sah Liv den kleinen Verdampfer mit einem grün leuchtenden Totenkopf in der Hand der Frau. Sie erinnerte sich an Gespräche

ihres Vaters mit seinen Geschäftspartnern, in denen *Synthium* erwähnt wurde – eine neue Droge, die in der Gesellschaft der Superreichen für Unruhe sorgte, da sie befürchteten, dass sie bald auch ihre geschützte Ebene erreichen würde. Die verrückte Frau zog an dem Verdampfer und blies den chemischen, aber überraschenderweise nach Kirsche riechenden Rauch, direkt in ihr Gesicht.
Liv musste husten, aber sie erwachte aus ihrer Starre und wandte sich endlich von der Frau ab. Hektisch ging sie davon und ließ sie im Dunkeln alleine zurück, was sie nicht abhielt weiter zu reden.
»Die Kräfte lauern tief. Nur wer vergisst, kann lernen. Ich kann dich vergessen lassen.«

Der Gedanke, dass Menschen so lebten – oder so leben mussten – war erschreckend. Was mochte das Schicksal dieser Frau gewesen sein, das sie in diese Situation führte?

01110000 01101000 01101000 01110111

01100100

6.

Livs Socken und Hosenbeine waren inzwischen vollkommen durchnässt, während sie durch die tiefen Pfützen der Straßen stapfte. Mittlerweile zitterte sie unkontrollierbar, so kalt war ihr. Sie musste sich unbedingt aufwärmen.

Die Feuertonnen, an denen sie vorbeigegangen war, wo aber immer Gruppen von bedrohlich aussehenden Menschen standen, sahen verlockend aus. Doch Liv wagte es nicht, sich ihnen zu nähern.

Die schrecklichsten Horrorgeschichten hatte sie über diese Ebene gehört. Unten, wo sich der Abschaum der Gesellschaft sammelte. Menschen, die sich vollends der Sucht, der Kriminalität, oder beidem hingegeben haben. Eine Zusammenstellung der Boshaftigkeit und des Leids. Und genau aus diesen Augen sah Liv die Bewohner hier. Alle führten etwas im Schilde. Vertrauen war ein Luxus, den sie sich nicht leisten konnte.

Aber was sollte sie tun? Wenn es so weiter ginge, würde sie die Nacht nicht überleben. Ihr blieb keine Wahl. An die nächste Feuertonne,

die sie sah, würde sie sich heranstellen und aufwärmen.
Konnte sie jemanden davon überzeugen, dass sie ihr Schuhe geben würden? Geld hatte sie keins. Das gesamte Vermögen gehörte ihrem Vater. Eine weitere Art der Kontrolle, die er über sie ausübte, indem er ihr niemals Zugang zu eigenem Geld gewährte.

Sie ging an Männern und Frauen vorbei, die kauernd auf dem dreckigen Boden saßen, in deren Iris sie erkannte, dass sie sich im *Virtual Space* befanden. Sie machten den Eindruck, dass sie eine beängstigend lange Zeit am Stück abgekapselt von der realen Welt verbrachten. Die Lippen weiß und trocken, die Haut fahl und dreckig und der Gestank erst. Wochenlang nicht geduscht, dachte Liv.
Bald darauf sah sie die nächste Gruppe von Menschen, die sich um eine Tonne versammelt hatten. Sie redeten laut miteinander und hielten die Hände über das Feuer, um sich zu wärmen.
Liv hoffte nur, dass sie sie nicht abstechen, und in die nächste Gasse werfen würden, dann sammelte sie jeden Mut, der sich in den Tiefen ihrer Adern verkrochen hatte, und holte tief Luft.
»H-hallo?« Ihre Stimme zitterte, als sie sich schüchtern der Gruppe näherte. Alle drehten

sich abrupt zu ihr um und Liv wollte im nächsten Moment am liebsten wieder weglaufen. Bis aus der Menge heraus ein junges Mädchen blickte und Liv mit freundlichen Augen ansah.
»Hey, hast du dich verlaufen?« Sie müsste ein oder zwei Jahre älter sein als Liv. Sie hatte hellblonde, kurze Haare, auf einer Seite abrasiert. Zahlreiche Piercings, reichlich tätowiert und trug ausschließlich schwarze Klamotten, teilweise versehen mit metallischen Nieten.
»Nein. Also na ja, doch. Irgendwie schon«, antwortete Liv zögernd.
»Häh? Komm erstmal her, dir muss kalt sein.« Das Mädchen klang ruhig und einladend.
Liv näherte sich der Gruppe und nahm den Platz neben der Blonden ein, die sich als *Charly* vorstellte.
»Ich bin Liv«, gab sie zurück und versuchte ein Lächeln. Gelang ihr aber nicht.

01101001 01110101 01101100
01101000 01110001 01100111

7.

»Das sind Ruby, Nelson, Wolle, Fahrid und Ahmet.« Charly stellte sie alle vor und jetzt konnte Liv sich die Gesichter besser anschauen. Auf den ersten Blick, verstärkt durch das von unten scheinende und flackernde Licht des Feuers, hatten sie bedrohlich gewirkt. Doch bei genauerem Hinsehen bemerkte sie ein freundliches Lächeln in ihren Gesichtern, was in Liv ein vergessenes Gefühl von Wärme erweckte.
»Boah, du hast keine Schuhe an, aber trägst ein *Wozi*-Shirt?«, fragte Charly.
Liv trug teure Markenklamotten. Das wurde ihr jetzt erst bewusst. »Ich tausche das Shirt gerne gegen ein paar Schuhe, wenn du es haben willst.«
»Echt jetzt? Das muss doch mindestens hundert Credits wert sein!«
»Ich glaube sogar zweihundert. Aber mir egal, ich will nur etwas für die Füße haben.« Liv überlegte kurz. »Na ja, und vielleicht eine Jacke.«
»Deal!« Charly eilte in eine dunkle Gasse, bog in ein heruntergekommenes Haus ab und kehr-

te mit einem alten, warm aussehenden Paar Schuhe und einer leicht zerrissenen, aber dicken Winterjacke zurück.
»Wo hast du denn solche Klamotten her, Liv?«, fragte Nelson. Ein großer, dürrer Mann mit Baseball-Cap und Brille.
»Lange Geschichte. Aber ich lege keinen Wert auf diese teure Kleidung. Mein Vater ...« *... wollte, dass ich gut aussehe,* dachte sie den Satz zu Ende, doch sprach ihn nicht aus.
»Ah, reiche Eltern also. Wie bist du dann ausgerechnet *hier* gelandet?«, fragte Charly und reichte Liv die Kleidung. Sie zog die Klamotten umgehend an, spürte die wohltuende Wärme und war unendlich dankbar.

Dann erzählte sie der Gruppe von ihrer Familie auf der obersten Ebene und von ihrem gewalttätigen Vater, von dem sie unbedingt abhauen musste. Genaue Details ließ sie aus, aber die Gruppe hörte gespannt und aufmerksam zu. Sie gaben ihr etwas zu trinken, Reste von ihrem Abendessen und teilten Geschichten ihrer Schicksale, welche Liv ein völlig neues Bild dieser Ebene gab. Viele von ihnen waren Opfer des Systems geworden, das unbarmherzig diejenigen verstieß, die sich nicht fügen konnten, oder wollten.

Die *EZK*, trotz ihres groß beworbenen Leitspruchs – *Für den höheren Frieden* – sorgte nicht für Frieden, dachte Liv.

Nach einer Weile, als sie alle müde waren, nahm Charly sie mit in das kleine Haus, in dem sie auf alten Matratzen schliefen. Das Neonlicht strahlte durch die kaputten Fenster, an der Decke hingen Spinnweben, auf dem Boden waren Flaschen verteilt und Liv sah zwei Ratten, die sich gegenseitig durch das Gewusel verfolgten.
Dennoch freute sie sich. Trotz des Drecks, des Gestanks und der bedrohlichen Atmosphäre, fühlte sie sich hier so wohl, wie seit Jahren nicht mehr. Die Menschen, die sie gerade kennengelernt hatte, waren nett, freundlich und aufrichtig. Eigenschaften, die sie bisher in keinem Menschen gesehen hatte

Es dauerte keine fünf Minuten, bis sie in einen tiefen, traumlosen Schlaf fiel.

01110111 01110010 01101010
01101000 01110111 01101011
01101000 01110101

8.

Eine drückende Hitze lag in der Luft, als Liv und Charly am nächsten Morgen durch das verschachtelte Viertel streiften. Der Boden zwar feucht von den Regenfällen der letzten Nacht, doch es war fast zu beobachten, wie schnell das Wasser verdunstete. Die Hitze des Sommers staute sich zwischen den Gebäuden und erschwerte Liv drastisch die Atmung. Gestern hatte sie noch unaufhörlich vor Kälte gezittert, jetzt wischte sie sich den Schweiß von der Stirn.

Charly führte sie durch die Gassen, vorbei an den heruntergekommenen Gebäuden mit zerbrochenen Fenstern. Erst jetzt erkannte Liv, wie viel Müll an den Straßenrändern lag. Ein paar Zentimeter hoch häufte sich der Abfall und war lediglich dort geräumt, wo die Bewohner ihre Häuser betraten.
Die meisten Menschen gingen zu Fuß. Hin und wieder kamen ihr jüngere Leute mit Fortbewegungsmitteln entgegen, die wie schwebende Surfbretter aussahen. Sie waren recht schnell darauf unterwegs, sahen gleichzeitig elegant

und cool aus und Liv wollte auch so ein Ding haben.
Trotz der drückenden Wärme lag eine kühle Atmosphäre in der Luft. Die Gassen gaben ihr ein unbehagliches Gefühl, so als würde sie durchgehend beobachtet werden. Weshalb sie froh war, Charly an ihrer Seite zu haben. Das Mädchen war bewaffnet und sie schien sich hier gut auszukennen. Ihre Augen huschten wachsam durch die Gegend, als suchten sie ständig nach etwas – oder jemandem.

»Da vorne ist der Markt«, sagte Charly und deutete auf einen Platz, der sich am Ende der Gasse öffnete. »Du kannst dort alles Mögliche finden, musst nur die richtigen Fragen stellen.« Sie zwinkerte Liv lächelnd zu.
Der Markt war laut und voll. Ein chaotisches Durcheinander von Ständen, Waren und Menschen, die für Liv alle so aussahen, als würden sie sich gleich gegenseitig umbringen.
Es roch nach billigem Essen, verbranntem Öl und Abfall, was ihr fast den Atem raubte. Doch Charly schien unbeeindruckt. Sie navigierte sicher durch das Gewirr, während Liv sich dicht an ihre Fersen heftete und schon fast paranoid oft über ihre Schulter schaute.
Bildete sie es sich ein, oder wurden sie verfolgt?

»Ich gehe mal davon aus, dein reicher Schläger-Daddy hat dir kein Geld da gelassen, Liv?«, fragte Charly halb lächelnd.
»Was?« Liv schaute wieder nach vorne und hatte kaum mitgekriegt, dass Charly sie etwas gefragt hatte. Ein Typ, der sich immer wieder wegdrehte, als Liv über ihre Schulter schaute, sah sehr verdächtig aus. Oder war sie paranoid?
»Ob du von deinem Daddy ...«, doch Charly brach ihren Satz ab, denn plötzlich verhärtete sich ihr Gesicht. Ihre Augen wurden schmal und Liv spürte, wie sich die Atmosphäre schlagartig veränderte.
»Siehst du ihn?«, fragte Liv, da packte Charly sie schon am Arm.
»Weg hier. Jetzt!«, befahl sie mit ernster Miene.
Sie liefen los. Charly führte sie in eine Seitengasse, weg von den Ständen.
Doch es war zu spät.

01110111 01101011 01101000 01100010

9.

Livs Herz pochte wild, der Schweiß tropfte ihr vom Kinn. Vorne aus dem Halbdunkel der Gasse traten drei Männer hervor. Sie waren groß und muskulös. Einer von ihnen schlug sich mit einem Baseballschläger langsam auf die Handfläche. Und hinter Liv und Charly der, den Liv schon länger beobachtet hatte. Sie waren umzingelt.
»Schaut mal, was wir hier haben.«, sagte er. Ein Mann mit einer hässlichen Narbe, die sich quer über seine Wange zog. Er grinste schief, während seine Kumpane vorne näher traten und hämisch lachten. »Na, Charly, wen hast du uns hier mitgebracht? So eine hübsche Kleine, ganz verloren im Untergrund.«
»Lasst die Finger von ihr, Dreckschweine!«, rief Charly.
Liv bewunderte ihren Mumm. Furchtlos stellte Charly sich vor ihr auf und nahm die kleine Energiepistole in die Hand, die sie am Gürtel trug.
»Na, na, na, Charly. Du willst dich doch nicht etwa mit uns anlegen?« Der Mann mit der Narbe grinste breit und selbstgefällig.

»Wenn ich den mit dem Baseballschläger getroffen habe«, flüsterte Charly Liv zu, »läufst du, was das Zeug hält, klar?«
Liv nickte stumm. Sie wusste nicht, ob sie das Zeug dazu haben würde. Ihre Gliedmaßen fühlten sich wie eingefroren an. Sie zitterte, spürte das pochende Adrenalin in ihr.
Die Männer von vorne kamen näher. Ihr Puls raste. Panik schlich sich in jede Faser ihres Körpers. Ihre Gedanken überschlugen sich. Waren es vier Männer, oder doch sechs? Ihre Wahrnehmung verzerrte sich. Die gesamte Umgebung schien zu vibrieren. Gleich würde sie in Ohnmacht fallen.
Verzweifelt suchte sie nach einem Fluchtweg, aber die Männer umzingelten sie schnell, wie Wölfe, die ein verwundetes Reh einkreisten.
»Jetzt!«, schrie Charly und setzte mehrere Schüsse ab. Ohrenbetäubend laut hallte der Lärm durch die Gasse und Liv rannte los, als hätte Charly ihr den Startschuss zu einem Sprint gegeben.
Der mit dem Baseballschläger war getroffen und fiel gerade nach hinten, als Liv ihn passierte. Knapp vorbei an den anderen Raubtieren, die noch vergeblich nach ihr schnappten, als sie durch huschte.
Ihr wurde aber keine Chance gegeben.

Aus dem Nichts erschien ein langer Arm zu ihrer Rechten, der sich wie eine Schranke vor ihrem Gesicht platziert hatte und Livs volles Momentum mit einem Schlag auf null reduzierte. Die Wucht des Aufpralls ließ Liv fast einen Rückwärtssalto machen. Mit dem Kopf zuerst prallte sie auf dem harten Asphalt auf.

»Ich hab sie, Boss«, hörte Liv noch, doch bevor sie den ankommenden Schwall an überwältigenden Schmerzen spüren konnte, wurde es schwarz.

01111010 01101100 01101111 01101111

10.

Kalt. Nass. Dreckig. Es stank nach Abfluss und Schweiß.

Ihre Sinne erwachten, bevor ihre Gedanken klar wurden. Sie lag auf einer Art Gitter, dessen kühle Stäbe sich schmerzhaft in ihren Rücken gruben.

Als Liv die Augen öffnete, dachte sie zunächst, sie träume. Ein Albtraum. Doch die bittere Realität holte sie ein. Sie war ihrem Vater zwar entkommen, doch nur, um in eine neue Gefangenschaft zu geraten. Erneut eingesperrt und unterdrückt.

In diesem neuen Albtraum war es ein Käfig. Ein Raum, der gerade groß genug war, um sich hinzusetzen, aber zu klein, um die Arme auszustrecken. Umgeben von Schmutz und Dunkelheit.

Ihre Kleidung war verschwunden. Sie trug nur ein altes, raues und schmutziges Handtuch, das kaum etwas von ihrer Haut verdeckte.

Schreckliche Gedanken durchzuckten ihren Geist. Was ist passiert, während sie bewusstlos war? Wo ist Charly? Wurde sie auch gefangen genommen, oder konnte sie fliehen?

Das Grauen würde kein Ende finden. Gerade hatte sich das Gefühl von Hoffnung in ihr entwickelt. Womöglich hatte sie mit Charly eine neue Freundin gefunden, vielleicht hätte sie hier unten neu anfangen können, ein neues Leben. In Freiheit. Am Ende war sie doch wieder eingesperrt.

Benebelt schaute sie aus ihrem Käfig heraus und bemerkte, dass sie nicht alleine war. Eine Reihe weiterer Gitterboxen und Terrarien standen um sie herum, in denen verschiedene Tiere gefangen waren. Hunde, eine Katze, verschiedene Reptilien und viele bunt aussehende Vögel, die leise zwitscherten und die kleinen Köpfe hängen ließen.
Doch am Ende des schmutzigen Raumes erkannte sie einen weiteren Menschen im Käfig. Ein Junge, vermutlich in ihrem Alter. Er lag zusammengerollt auf dem Boden, ebenso nur mit einem dreckigen Handtuch bedeckt. Sein Gesicht war von Schlägen entstellt, Blutspuren zogen sich über seine Haut.

»Hey ...«, krächzte sie, ihre Kehle war trocken, und ihre Lippen klebten vor Durst aneinander. Sie räusperte sich und versuchte es noch einmal: »Hey! Hörst du mich?« Doch der Junge re-

agierte nicht. War er gerade erst verprügelt worden?
Liv setzte sich auf, lehnte sich an die kalten Eisenstäbe und zitterte unkontrolliert. Ihr war eiskalt, sie hatte schrecklichen Durst, und jeder Teil ihres Körpers schmerzte. Zu ihrem lausigen Trost spürte sie, dass sich niemand an ihr vergangen hatte, als sie bewusstlos gewesen ist.
Wenigstens das.

01101001 01101100 01110001 01100111

11.

Sie durfte nicht aufgeben.
»Hey! Hallo?! Lebst du noch?«, rief sie etwas lauter. Die Hunde zuckten zusammen.
Endlich regte sich der Junge. Ein leises Stöhnen entwich seinen Lippen.
»Ja, genau. Ich rede mit dir!«, sagte sie weiter, ihre Stimme fester. »Wie lange bist du schon hier?«
»Ich ... ich weiß es nicht«, keuchte er und begann, heftig zu husten. Es hörte sich grässlich an. Mindestens eine Lungenentzündung, dachte Liv. »Ich bin bestimmt schon ein paar Tage hier«, röchelte er.
Verdammt. Mehrere Tage schon in so einem kleinen Käfig eingesperrt. Schlimmer konnte man nicht behandelt werden.
»Ich bin Liv. Wie heißt du?«
»Aboubacar«, flüsterte er kaum hörbar, »aber alle nennen mich Abbu.«
»Abbu, hast du noch ein Mädchen außer mir gesehen? Blond, Sidecut?«
»N-nein. Hab kaum mitgekriegt, wie du herein kamst.«

»Hm«, vielleicht hatte sie es geschafft abzuhauen, dachte Liv. »Was wollen die von uns?«
»Mein ... mein Vater schuldet ihnen Geld. Ich bin hier, als Druckmittel, glaube ich.« Erneut schüttelte ihn ein heftiger Hustenanfall. »Und du?«, fragte er, als er wieder Luft bekam.
»Keine Ahnung. Ich bin ein Mädchen. Das sind perverse Männer. Der eine hatte mich den ganzen Morgen schon beobachtet. Wahrscheinlich ... wollen die mich?« Es schüttelte sie, als sie es aussprach. Gleichzeitig fragte sie sich, ob die Nachricht, dass die Tochter eines hochrangigen Mitglieds der Europäischen Zukunfskontrolle abgehauen sei, schon die unteren Ebenen erreicht hatte. Das sie einen stinkend reichen Vater hatte, behielt sie fürs Erste für sich.
»Das tut mir leid«, gab Abbu aufrichtig zurück. Er setzte sich auf, und ihre Blicke trafen sich. Fünf Käfige standen zwischen ihnen, doch Liv konnte jetzt sein verwundetes Gesicht klarer sehen. Die Gewalt hatte tiefe Spuren hinterlassen. Er war jung, aber sein Äußerliches von Sorgen und Schmerz gezeichnet. Seine blauen Augen wirkten in Kontrast zu seiner dunklen Haut fast unwirklich.
Die kurze Stille zwischen ihnen wurde durch einen plötzlichen lauten Knall der schweren metallischen Tür unterbrochen, dessen Lärm

Liv durch die Knochen zog und sie heftiger zittern ließ.

»Da vorne ist sie«, sagte einer der Männer mit einer rauen, vom Rauchen gezeichneten Stimme. Er deutete auf Livs Käfig. Die anderen drei folgten seinem Blick.

Liv erkannte die Gier in ihren Augen nur zu gut. Dieser widerliche Ausdruck war ihr nur allzu vertraut. Panik ergriff sie, intensiver als zuvor. Ihr ganzer Körper begann zu pulsieren. Sie wollte die elendigen Gitterstäbe auseinander biegen und wegrennen, schreien, sich wehren – irgendetwas, damit das hier aufhörte.

01110010 01111000 01110111

12.

»Nein. Bitte ...«, flüsterte sie, kaum hörbar. Die Kraft hatte sie vollends verlassen.
Stumm saß sie da, den Kopf nach vorne hängend, als die Männer die Käfigtür aufschlossen. Ihre Sicht verschwamm, und es war, als würde sie in der Luft schweben, unfähig, die Kontrolle zu behalten. Zwei der Männer packten sie grob unter den Armen und zogen sie aus der kleinen Gitterbox hinaus.
Aus der Ferne hörte sie Abbus Stimme, wie er sich verzweifelt gegen die Käfigstäbe warf, aber nur kraftlos rufen konnte: »Nein! Lasst sie in Ruhe!« Seine Worte waren schwach, voller hilfloser Wut.
Die Männer ignorierten ihn.
Sie wurde aus dem Raum geschleppt, durch einen langen, düsteren Flur. Flackernde Lichter hingen an der Decke und verschlimmerten ihre Trance nur. In ihren Gedanken verschwammen Realität und Wahn. Die Augen ihrer Entführer schienen tiefrot, ihre Stimmen verzerrt, und der Boden war plötzlich mit Blutflecken übersät. Ein abartiger, modernder Gestank drang in ihre

Nase und ließ sie würgen.

»Legt sie da drüben hin«, befahl der Mann, der die Tür geöffnet und auf den Käfig gezeigt hatte. Er trug drei verschiedenfarbige Ohrringe in jedem Ohr, seine Kleidung befleckt, und er war groß und schwer. Sein kahler Kopf und der ungepflegte Bart machten den Anblick noch abstoßender.
Sie wurde auf einen abgenutzten Teppich geworfen, der am Rande eines kleinen, schwach beleuchteten Raumes lag. In der anderen Ecke des Zimmers stand ein alter Schreibtisch. Ein Mann saß dahinter und wischte durch eine holografische Projektion.
»Deine kleine Freundin hat meinen Kumpel ganz schön verletzt«, knurrte Ohrringe. »Da sie uns aus den Fingern geglitten ist, lasse ich meine ganze Wut an dir raus«, murrte er und leckte sich gierig über die Lippen. Seine Untergebenen rieben sich die Hände in Erwartung.
»Beeil dich, Boss«, murmelte einer von ihnen.
»Richtig hübsches Ding, aber ganz schön zugerichtet, hm«, fuhr der Boss fort.
»N-Nein. Lasst mich ...«, keuchte Liv.
»Ach, keine Sorge, Schätzchen. Ich kümmere mich gut um dich.« Er riss ihr das Handtuch vom Leib, das ihren Körper notdürftig bedeckt

hatte, und begann, ihr durch die Haare zu streichen und ihren Körper mit gierigen Augen zu begutachten. Liv zuckte zusammen, zu schwach, um sich zu wehren. Seine Hände waren rau, die Fingernägel lang und schmutzig. Er fuhr mit seiner Hand vom Gesicht, über die Schultern und Arme, immer weiter nach Unten. Warum passierte ihr das? Was hatte sie getan, um so etwas zu verdienen?

»Hey, Boss!«, rief plötzlich der Mann am Schreibtisch.

»Was denn?! Du siehst doch, dass ich beschäftigt bin!« Seine Stimme war voller Gereiztheit. Seine Hand hielt an.

»Ja, sorry Boss, aber das musst du sehen. Jetzt.«

»Das gibt es nicht. Wenn das jetzt nicht wichtig ist, reiße ich dir den Arsch auf!« Der Boss ließ von Liv ab und schritt zornig zum Tisch, seine Augen auf die holografische Projektion gerichtet. Liv konnte nicht erkennen, was er sah, aber seine Reaktion war unverkennbar. »Nein! Nicht dein Ernst!«, raunte er und schlug mit der Faust auf den Tisch.

»Doch. Boss, das ist eine ganze Menge Kohle. Sie ist die Tochter von dem Typen da, ganz sicher!« Der Schreibtischtyp deutete hektisch auf Liv, seine Augen leuchteten vor Gier.

01110111 01101011 01101000

13.

Liv setzte die Puzzleteile zusammen. Ihr Vater hatte zweifellos eine Belohnung auf sie ausgesetzt. Mit seiner Art von Geld ging so etwas schnell, insbesondere wenn ihm sein wertvollstes Gebrauchsobjekt genommen wurde.

»Ruf da an und sag, dass wir sie haben. Der Typ hat so viel Kohle, da kannst du den Preis sicher noch hochtreiben«, befahl der Boss.

»Und was ist mit uns?«, fragte einer der Männer, die sich inzwischen auf Stühle gesetzt hatten, um das Spektakel zu beobachten.

»Wie, was ist mit euch?«, gab sein Anführer kalt zurück.

»Wir haben sie gefunden«, sagte der Mann mit der Narbe quer über der Wange. Der Typ, der Liv durch die Straßen gefolgt war.

»Okay, von mir aus. Fünf Prozent. Jeder von euch.«

»Niemals!« Gesichtsnarbe sprang auf. »Wir haben sie gefunden und hierher geschleppt! Da hätten wir uns einfach in der Gasse mit ihr vergnügen können. Hätten wir mehr von gehabt. Fünfzehn Prozent für jeden.«

»Du meinst echt, hier Forderungen stellen zu können, Marius?« Der Boss zog ein langes Messer von seinem Gürtel und machte einen Schritt auf ihn zu.
Die Situation eskalierte sofort. Marius und die beiden Männer neben ihm zogen ebenfalls ihre Messer und stürzten sich auf ihren Boss. Der Typ am Schreibtisch versuchte, seinem Anführer zu helfen, doch es war vergebens. Die Gier und die Lust hatten Gesichtsnarbe und seine Kumpane zu Bestien gemacht.
Es war ein schneller und blutiger Kampf. Marius und seine beiden Anhänger waren gnadenlos. Mehrfach stachen sie auf ihren Boss und seinen Helfer ein. Verzweifelt versuchten sie die brutalen Messerhiebe abzuwehren, doch Marius und seine Freunde dominierten den Kampf beinahe mühelos. Danach standen sie triumphierend über den Leichen ihrer ehemaligen Anführer und wischten sich das Blut aus den Gesichtern.
In der Zwischenzeit hatte Liv verzweifelt versucht, ihre Kräfte zu sammeln. Mehrmals hatte sie probiert, aufzustehen, war aber immer wieder zusammengebrochen. Jetzt kniete sie auf dem Teppich, den Kopf gesenkt, während sie tief durchatmete.
»So Jungs, ich kümmere mich zuerst um sie,

dann seid ihr dran. Das Geld kassieren wir später«, sagte Marius, als er sich Liv näherte und etwas Blut neben sich spuckte.
Das durfte nicht passieren. Sie musste hier raus. Nicht schon wieder. *Ich will nicht!*
»So, Süße. Jetzt bist du dran.« Sein heißer, widerlicher Atem streifte ihr Ohr. Er legte seine blutige Hand an ihre Wange. »Hast 'nen richtig tollen Körper«, murmelte er und ließ seine Hand nun ebenfalls an ihr heruntergleiten.
Schon wieder packte sie jemand an. Genug!
Liv atmete ein, spürte, wie Wärme durch ihre Gliedmaßen strömte. Ein längst vergessenes Gefühl kehrte zurück. Eine Kraft, die tief in ihr geschlummert hatte und jetzt unaufhaltsam erwachte.
»Leg dich doch mal hin«, sagte er und drückte ihren Kopf zur Seite.
Seine Hand war kräftig, aber Liv hielt stand und rührte sich nicht. Er drückte stärker. Sie hörte, wie sehr er sich bemühte, doch Liv bewegte sich keinen Millimeter.
Noch immer kniete sie, aber fühlte sich jetzt stärker.
Stärker als je zuvor.

01110111 01110101 01111000
01110111 01101011

14.

»Was? Leg dich hin, hab ich gesagt!«, brüllte er und holte mit der Hand zum Schlag aus.
Liv reagierte instinktiv. Es fühlte sich fast mühelos an, seinen Arm abzufangen. Sie packte sein Handgelenk mit einer solchen Geschwindigkeit, dass sie sich selbst überraschte. Während sie das Gelenk von Gesichtsnarbe zerquetschte, fixierte sie die beiden anderen Männer mit einem kalten Blick.
Er schrie vor Schmerz und krümmte sich zur Seite. Mit dem übrigen Arm setzte er zu einem weiteren Schlag an, doch Liv war schneller.
Nie wieder würde sie sich unterdrücken lassen! Nie wieder würde jemand ungestraft die Hand an sie legen! Hier und jetzt würde es enden! Die Kraft, die all die Jahre in ihr geschlummert hatte, brach sich endlich Bahn. Ein Tsunami der Macht flutete ihren Körper.
Mit einem einzigen, gewaltigen Schlag, der all ihre aufgestaute Wut der letzten vierzehn Jahre bündelte, traf Liv seine Magengrube. Sie spürte, wie zwei seiner Rippen brachen, seine Lunge durchstachen, bis er keuchend nach hinten

kippte und stumm zu Boden fiel.
Die anderen beiden starrten sie fassungslos an. Einen Moment lang standen sie wie versteinert, doch dann zückten sie ihre Messer und stürmten auf sie los.
Liv wusste auf einmal genau, wozu sie in der Lage war. Blitzschnell sprang sie auf und trat dem linken Mann so hart gegen das Schienbein, dass es bei dem Aufprall laut knackte. Gleichzeitig schlug sie dem anderen Typen mit solcher Wucht ins Gesicht, dass seine Wangenknochen brachen. Beide Männer gingen kauernd und schreiend vor Schmerz zu Boden.

Ihr Sichtfeld verschwamm. Sie blendete alles aus. Die Schreie, das Wimmern, das Fluchen der Männer, es verschwand alles. Bis sie nichts mehr hörte.
Stille.
Liv stand da, hielt die Hände vor sich, unfähig zu begreifen, was passiert war. Doch bevor sie sich groß Gedanken darüber machen konnte, wollte sie sich nur zudecken. Zu lange schon war sie nackt. Sie schnappte sich den alten Teppich, riss ein Loch herein und warf ihn sich über, wie einen Poncho. Dann lief sie los, in den Raum, in dem sie dachte, qualvoll sterben zu müssen.

Mit einem Tritt flog die gewaltige Metalltür auf.
»Wie zur ...? Was?«, stammelte Abbu, als er Liv erkannte, wie sie alleine in den Raum zurückkam.
»Ich weiß es selbst noch nicht ganz genau. Aber da können wir später noch drüber rätseln. Jetzt hauen wir hier erst einmal ab.«
Gewaltvoll zog sie an dem Vorhängeschloss des Käfigs, welches sofort auseinanderbrach.
»Noch einmal: Was?« Abbu machte große Augen bei dem Anblick auf das zerbrochene Schloss und der immensen Kraft, die Liv ihm zeigte.
»Komm mit«, sagte sie, als sie schon an dem nächsten Schloss mit den Hunden war.
Kein Lebewesen hatte es verdient, in Gefangenschaft zu sein. Sie mussten alle befreit werden.
Die Hunde, die zuvor lethargisch und apathisch gewirkt hatten, begriffen schnell, dass die Freiheit in greifbarer Nähe war. Die neue Energie, die sie durchzog, war spürbar.

01000100 01011001 01000100

15.

Die drückende Wärme schlug ihnen ins Gesicht, als Liv und Abbu aus dem heruntergekühlten Gebäude traten. Die Mittagshitze brannte auf die leeren Straßen herab, und sie fanden sich in einer verwaisten Gasse wieder. Beide waren nur in alte, zerschlissene Teppiche gehüllt, ihre Körper übersät mit Schwellungen, blauen Flecken und Kratzern. Die Hunde, die Liv befreit hatte, wichen ihr nicht von der Seite, während Katzen und Vögel, die sie ebenfalls befreit hatte, in der Nähe umherstreiften. Für die anderen Tiere musste sie später eine Lösung finden. Hier unten in der dreckigen Stadt wäre es zu gefährlich, sie einfach freizulassen. Deshalb blieben sie vorerst in ihren Käfigen.

»Ernsthaft jetzt. Was bist du? Woher hast du diese Kraft?« Abbu ließ nicht locker. Seine Augen waren weit aufgerissen, voller Neugier und Zweifel, während er sich gerade so auf den Beinen halten konnte. Doch Liv konnte seine Fragen nicht beantworten. Jetzt war auch nicht der richtige Zeitpunkt dafür.

»Lass uns erstmal in Sicherheit bringen, okay?«,

sagte sie ruhig, obwohl ihr Herz noch immer raste.
Die Lumpen, die sie trugen, und die Hunde an ihrer Seite machten sie zu einem vertrauten Anblick in dieser verfallenen Umgebung. Niemand schenkte ihnen große Beachtung, während Liv verzweifelt den Weg zurück zu Charlys Unterkunft suchte. Stundenlang irrten sie durch die Straßen. Sie kannte die Gegend nicht, und Abbu konnte sie nicht genau beschreiben, wohin sie gehen mussten.
Sie fragten mehrere Leute nach dem Weg, doch die Antworten waren wenig hilfreich. Bis sie den zittrigen, alten Mann fragten. »Charly, Nelson und so? Ja, kenne ich. Zwei Blocks in die Richtung, dann links und bestimmt noch so drei Blocks weiter. Da hocken die abends immer am Feuer rum«, sagte er, während er einen quietschenden Wagen vor sich herschob.
Endlich fanden sie die ausgekühlte Feuertonne, an der Liv sich gestern noch die Hände gewärmt hatte. Charly trat gerade aus dem Haus und starrte sie ungläubig an.
»Jetzt ehrlich? Ich dachte schon, du wärst mir draufgegangen!«, sagte sie breit lächelnd. Doch ihre Augen verrieten die echte Erleichterung, die sie empfand.

Charly hatte ihnen Klamotten gebracht, Wasser und je eine Portion Haferschleim, die noch übrig geblieben war. Liv und Abbu wurden von den anderen aufgepäppelt und mit Fragen gelöchert.

Doch Liv hing in ihren Gedanken fest. Diese Wärme in ihrem Körper, als sie die Kraft gespürt hatte. Es kam ihr bekannt vor. Damals, als ihre Mutter verschwunden war. Bis heute hatte sie keine klare Erinnerung, wie, oder warum sie geflohen war. Doch die Erinnerung an das Erwachen ihrer Fähigkeiten koppelte sie ganz stark mit dem Verschwinden ihrer Mutter.

»Liv?« Charly schaute sie mit großen Augen an. »Bist du noch bei uns?«

»Sorry, war in Gedanken.«

»Was kannst du noch alles?«, fragte sie.

»Kannst du Energieprojektilen ausweichen?«, warf Fahrid eine weitere Frage in den Raum.

»Kannst du so richtig schwere Sachen heben? Kannst du ...?«, löcherte Ahmet sie weiter.

»Leute ... ich weiß es selbst nicht«, unterbrach Liv, die sich von den vielen Fragen müde und erschöpft fühlte. »Ich weiß nur, dass von jetzt an niemand mehr die Chance hat, mich zu unterdrücken.«

Danke

Danke an Sie, danke an Dich! Danke fürs Lesen meiner ersten veröffentlichten Geschichte!

Liv gerät von einer traumatischen Erfahrung in die nächste in diesem Werk. Die Geschichte ist sehr düster geworden, da ich mit diesem Charakter noch sehr viel vorhabe. Ihre harte Geschichte wird sie zu einer noch härteren Persönlichkeit formen, die an der Grenze zwischen Gut und Böse kratzen wird.

Dieses Universum, das in den 2200er Jahren spielt, ist jetzt schon sehr umfassend und ich werde fleißig weiter daran arbeiten, alle Fragen zu beantworten, die hier gestellt wurden:
Wo hat Liv die Fähigkeiten her?
Wie geht es mit ihr weiter?
Was ist mit Livs Mutter passiert?
Was ist die Europäische Zukunftskontrolle (EZK)?
Mit der Zeit und nachfolgenden Werken, werde ich alle Fragen beantworten!

Ich habe dieses Buch meiner Partnerin gewidmet, der ich so viel zu verdanken habe. Ich werde gar nicht erst versuchen, alles hier aufzuschreiben.

Aber für deinen Glauben an mich, deine Motivation, deine Positivität und die bedingungslose Hingabe, die ich von dir bekomme, möchte ich mich aufrichtig bedanken!

Du hast dir all die übersprudelnden Gedanken angehört, die sich in meinem Kopf über dieses umfangreiche Universum gesammelt haben. Du hast mir Ideen und Inspiration gegeben. Und du hast dich geduldig neben mich gesetzt und mich wieder und wieder vorlesen lassen. Ich liebe dich!

Herzlich möchte ich mich auch bei allen bedanken, die mir durch ihr ehrliches und konstruktives Feedback geholfen haben, dieses Buch etwa viermal umzuschreiben und dabei (hoffentlich) immer besser zu werden.

Monique, danke für deine extreme Achtsamkeit auf Klang, Stil und Wortwiederholungen!

Martin, danke für dein scharfes Auge auf Rechtschreibfehler. Und deine tolle Fantasie!

Valeria, danke für dein hartes, aber ehrliches Feedback!

Papa, danke, dass du mich darauf aufmerksam

machst, wenn dir Beschreibungen fehlen!
Danke an alle, die mit mir über mein Schreibprojekt gesprochen haben und mit ihrer positiven Art dazu beitrugen, dass ich es durchziehe zu schreiben.

Und abschließend. Für alle, die so weit gelesen haben und noch hier sind.
Das Rätsel.
Ein Binärcode, das wird jedem klar sein. Doch die Übersetzung wirft noch mehr Fragen auf. Eine weitere Verschlüsselung, die nach einer berühmten historischen Figur benannt wurde, verbirgt das Geheimnis des Textes.

Viel Glück!

Kai Christian - August 2024

PS: Wer das Rätsel geknackt hat und mir das mitteilen möchte, schreibt mir gerne eine e-mail. Wer es nicht lösen kann, oder will, schreibt mir auch gerne eine e-mail. Wer sonstige Fragen, Wünsche, Anregungen und/ oder Feedback hat, schreibt mir ebenso gerne eine e-mail.
kai.christian.autor@gmail.com

KAI CHRISTIAN

Kai Christian Auinger wurde am 12. Februar 1995 geboren und wuchs in einer kleinen Stadt nahe Bielefeld auf.
Aufgrund seiner zurückhaltenden Art, flüchtete er gerne in die Welt der Bücher, Filme, Serien und Videospiele, die ihn heute maßgeblich inspiriert haben.
Während des Abiturs, einem Jahr im Ausland, fünf Jahren als Elektriker und zuletzt als Fahrlehrer, wuchs eine Idee für eine Geschichte, die ihn nicht mehr losließ.
So arbeitet er jetzt an seinem Science Fiction Universum und stellte zuerst "Liv" fertig.